KB065603

문학과지성 시인선 577

아무것도
안 하는 애인

박라연 시집

문학과지성사

문학과지성사에서 펴낸 박라연의 시집

서울에 사는 평강공주(1990)
생밤 까주는 사람(1993)
너에게 세들어 사는 동안(1996)
공중 속의 내 정원(2000)
빛의 사서함(2009)

문학과지성 시인선 577
아무것도 안 하는 애인

펴 낸 날 2022년 11월 30일

지 은 이 박라연
펴 낸 이 이광호
주   간 이근혜
편   집 김필균 이주이 허단 방원경 윤소진 유하은
마 케 팅 이가은 허황 이지현 맹정현
제   작 강병석
펴 낸 곳 ㈜문학과지성사
등록번호 제1993-000098호
주   소 04034 서울 마포구 잔다리로7길 18(서교동 377-20)
전   화 02)338-7224
팩   스 02)323-4180(편집) 02)338-7221(영업)
대표메일 moonji@moonji.com
저작권 문의 copyright@moonji.com
홈페이지 www.moonji.com

ⓒ 박라연, 2022. Printed in Seoul, Korea

ISBN 978-89-320-4105-6 03810

이 책의 판권은 지은이와 ㈜문학과지성사에 있습니다.
양측의 서면 동의 없는 무단 전재 및 복제를 금합니다.

문학과지성 시인선 577

아무것도 안 하는 애인

박라연

시인의 말

스물이 아닌 시절에 요나가 되었다
기쁘다
물고기의 창자 속으로 뛰어들 수 있어서

돌고래는 죽은 새끼를 등에 업고 다닌다
물결에 떨려 나갈 때까지
나의 시가 지키고 싶은 세계다

2022년 11월
박라연

아무것도 안 하는 애인

차례

3부 소녀는 환하고 나는 유리창을 닦는다

해설

1부
살아 있다는 것은 마음이 헤맬 때까지이다

새어 나온다

동물의 눈에서만 마음이 새어 나오나?
식물의 뿌리에도 피비린내 숨어 있다 살아 있다는 것은
마음이 헤맬 때까지다

들녘의 뿌리들 강자에게도 흔쾌히 악수한다
바람과 비와 햇살 그 지극함을 느낄 때
몸도 바꿀 수 있다

한순간에 히아신스가 되기도 한다
한나절이면 향기만으로 강자의 코 납작하게
할 수도 있다 빼앗긴 마음도

돌아올 수 있다 상상 숭배론자에겐
추앙할 때 번지고 스미는 세계가 있어서
당분간 금식도 가능해

붉은 오디션

첫눈이 온다
종일 처음이 내린다 하얀 눈송이 사이로
'너의 무지개가 산다'는
문장이 내려온다 어디에

무지개가 사는지 여전히 모르지만
어둠의 아랫마을에 우리 이야기의 처음이 산다면
내려가는 어둠과 울음의 경사를

관객이 결정한다면

검은 밤의 어깨 위에 스무 살을 걸고 시작할래요
──뭐? 너, 무슨 오디션 프로에 참가하니?
──응
    따뜻한 색이잖아! 모두 다 보잖아
──스물은 너무 아련한데?

그 먼 기억의 숲을 모셔오려면 요절이 불가피해요
아련함이 숲마저 요절시키면? 늙은 요절을

어디에 쓰나?

관객은 또 숨죽여 지켜볼 텐데

벼랑 사이에 냄새를 뿌릴까 해요 나만의 냄새를요
몸의 화산이 폭발되도록
50가지 무지개로 나누어지도록

지푸라기와 호들갑

막막할 때마다 가끔 동원되는 나
내 이름은 지푸라기
왜 번번이 그 자리에서조차 밀려나고 말지?
아마도
간절함이란 게 대체로 자기중심적인 거잖아?
──응

혹시
우주의 뇌와 사람 뇌의 사진이 유사하다는 말을
호들갑 씨
그대도 들은 적 있나?
──응

그렇다면 사람은 모두
한 단락의 우주라는 상상도 가능하네?
우주와 사람은 부자 사이거나 부녀 사이?
그러할 수도

눈치 빠른 그대는 우주가 마치 일가친척인 양

떵떵거리며 호들갑이란 이름으로 살았던 거야?
생태계에 빌붙어 연명하는 나
겨우 지푸라기인
내 앞에서

15분 17초

그가 빤히 내려다보며 원했어 5분 17초야 딴 세상을
볼 수 있어! 겨우 5분을 겁내며 딴 세상을 사지 못한다면
넌 너무 어리광쟁이야

극심한 고소공포증은 어쩔래? 몰라! 못 가본 세계에
발을 얹을 수 있다면 한 번은 얼어야만 사람도 꽃을 피운
다면 얼어볼래! 툭툭 고단한 씨앗들 미래를 열 수 있도록

희망은 아름다웠으나 1인용 리프트에 오르는 일은 천
길 낭떠러지와 한 몸이 되는 일, 허공 속으로 내쳐질 듯
세차게 흔들려도 돌봐주는 눈길 하나 없더라 겨우 외줄
하나 붙들고 올라가 허공이 되어야 만나는

몬테 솔라로, 그의 품은 바다로부터 6백 미터 고소공
포증은 일자리를 얻어 신나나? 언 순간을 더욱 얼어붙게
하더라 낯선 나라의 말이 들리는 순간 아 사람이 사는 곳
이구나 감격도 잠깐 눈동자를 파먹을 듯

긴 혀를 벌름거리는 바다의 허기와 딱 마주쳤다 15분

17초를 왜 5분 17초로 알았을까 물에 빠져 죽을 뻔한 열한 살과 암으로 죽을 뻔한 마흔한 살의 고비까지 한편이더라 붙잡을 수

있는 것은 제 살과 허공뿐 우지직 찢겨서 흩어지면 다시 모아서 눈을 달고 코를 달고 입술을 달면서 공포를 잊으려고 공포와 한통속이 되면서 제 눈길 제 입김으로 달래면서

한 번 더 저를 찢어내고 내던지며 떨며 피어났다 태어나 가장 높은 곳에 이르러 높은 냄새랑 새랑 말을 튼다면 다른 세계가 되는지 피는 좀 말갛게 담대히 바뀔 수도 있는지

하강할 때의 15분 17초는 5분 17초에 불과했다 천로역정은 새하얀 환희였다

우린 자주 자주를 잊곤 해

이름의 끝에 E가 붙은 빨간 머리 앤의
자주를 알아봐준 그가 좋습니다. 자주의 세계에
왼발을 넣어도 된다면

오늘 만난 자주를 아무나 푸른 기운으로

토막, 토막, 토막 낼 수 있다면 자주 자루를 굴려
마을로 내려오게 할래요. 당신의
눈동자에 넣을 호흡도 빨라질 수 있다면

우리는 우리의 관습으로부터 사물은 사물의
관습으로부터 외출할 수 있다면

산 채로 자주를 모셔오는 일이

아무나,의 첫번째 무엇입니다. 자주 나무 얼굴을
본뜨기 하는 습관도 자주의 한 부위라면

자주를 살려내려는 다른 자주를 지켜보는

일이 두번째 그 무엇입니다. 자주 무늬가 두 눈을
부릅뜰 때까지 혀가

성난 이웃을 다듬는 대패가

되는 일이 세번째 그 무엇입니다. 자주 발바닥이
되어 생명체로 우뚝
일어서게 하는 일이 네번째 그 무엇입니다.

허공에 매달려 허공에서 연명할 생이 급습할 때

박나영처럼 긴 밧줄*이 한 번은 되어주는 일이
다섯번째 그 무엇입니다.

어느 날 내가 나를 토막 내어 자주 세계로 굴러,
들어가 자주 나무 얼굴이 되는 일이
나의 마지막 그 무엇입니다

* 깨어보니 마흔에 숨이 멎은 조승연의 심장이 되는 밧줄.

베네치아 가방

눈요기용 행복이라도 담아 갈 가방을 사려고
골목에 들어선 것인데

흐르는 물과 흐르는 사람은 빼고 가방에 넣을
목록을 찾아 헤맸는데

귀국 후 가방을 열자 흐르는 물 흐르는 얼굴
흐르는 마음이 쏟아져 나왔다

그들이 합창하듯 하는 말

──우리는 이제 당신입니다

아직은 우리 집

새벽이 잠 깨어 물 한 모금을 마시는 자유

얼마나 광활한가!

피사의 사탑

뒷발에 차인 표정으로 뒤편에 서서 뒤로만 그렇게만
걸었다 앞의 세계보다 뒤편이 궁금한 것처럼

아니다 안 보이는 세계를 빨아들였다 뻘밭의 손바닥이
뒷걸음질만 시켰다 아니다 나아가려고 안간힘 썼다

사탑은 바닥이
발바닥이 촉수인데 부실하게 태어나 걸을수록 수렁인

내부였다 평생을 반듯하게 앉지도 서지도 못하는 처
지면서
왜 아직도 서성이느냐고 너는 물었다

"뼈대 있는 뼈를 못 받아와서?" 와신상담 개축을
꿈꾸며

팔을 펴보았다 점점 더 기울어질 뿐이다 아예 무너져
버리고 싶다 똑바로 일어서려는 맘 요절내며 살았다

뒤편의 세계에 설렌 뼈아픈 후회가 모여
사탑이 된 것

알고 보면 참 눈치 빠른 생의 자태일지도 몰라 저 탑의
내력이 인생이라면

궁금은 해 흔들리며 견디는 그 마음 알고는 싶어
덧없이 죽지 않으려는 묘수일까?

걸어 나갈 수도 누울 수도 없다 허리는 한번 펴보고
싶을 거야 더는 어쩌지 못하는 처지가 구경꾼들에게는
단순한 풍물일까 흔들리며 견디는 불우 나누려고
모였다면 기념 촬영은 왜 하나? 무슨 내용 증명서를

발급 받은 양 안도의 숨 몰아쉬며 찰칵 자, 여기도
찰칵 나도 한 장 웃었다

인생을 낭비한 죄 함부로 설렌 죄 저울에
올린다 흔들린다

방문객

아무래도 이제는 고백해도 될 것 같아
네 안에 꽃과 나무 호수를 숨겨뒀다고 태아 때부터
이미

"사람이 온다는 건/실은 어마어마한
일이"*라는데 꽃과 나무, 호수가 태아 적에
왔다면 재앙인가 다복인가?

꽃과 나무 호수와도 경쟁을? 아니다
　오랫동안 물고 늘어지던 권태와 좌절을 대신 먹어치
워주더라
　장담해 그 후부터 넌

화전의 시간 팔아 정신을 사들였다
늘어나는 정신을 팔아 정신을 사들였다 안과 밖을
다 줘도 사람 사이는 금 그어지거나 벌어졌을 때
몸속 동창들만은 네가 수없이 이사해도
널 선택했다 이 세상과 안 맞아 늘 거부해!

우울해진 순간마다
배를 한번 툭 쳐주면 금방 두둑해지더라
해마다 동창생들이 세력을 늘릴 때마다 생각도 다정하게
불어났다 정신의 화전이란 밥도 잠도 꽃과 나무와 호수랑
쪼개 사는 거라면 앵두와 사과의 붉은 그림자 호수에

드리울 때 기운도 붉게 달궈져서

수백 가마로 늘어나 시들하던 이마가 눈부셨다
고전소설 속 구조자처럼 위기의 수렁마다 널 건져 올려준
얼굴들은 사실은, 사실은 태아 적에 온
꽃과 나무와 호수의 다른 얼굴이었다면
어떤 장례식을 상상해야 할까

* 정현종의 시 「방문객」(『광휘의 속삭임』, 문학과지성사, 2008).

25

상상 제조업

생각 냄새와 돈 냄새는 한 가방에서
살 수 없으면 좋겠는데
허공으로 생각이 뻗어 영화「킹 리차드」의
올컥,을 벌어들인다면 참 좋겠는데

올컥,이 뻗어 건물도 올리고 뿌리의 지분을 넓히면
좋겠는데 돈 냄새가 진동하면
식욕이 없어지는 코였으면 참 좋겠는데 상상마저
돈 앞에서 덜덜 떨면

어쩌나? 꽃과 나무와 호수랑은 살기 어려운데? 그럼
다 집어치워!
외쳐주면 좋겠는데 쉽게 떠들지 말라고? 여기는
상상의 세계인데?

상상도 거부하는 넌 누구야? 호통쳐주면 좋겠는데
반성을 넘어 상상으로
건축 가능한 세계의 제조업에 집중하는 당신이
바로 그 당신이라면 참 좋겠는데

요나의 배

한 시절 너의 배는 꽃밭이었는데

철퍼덕 엎어진 양푼 속 반죽처럼
툭 건드리면 흘러내릴 듯 위태롭다
머리부터 반죽이 말라가는데
너는 여기까지야! 풍랑은 여전히 독설뿐인데

배 안의 열정은 여전히 불룩해서
물고기 창자 속으로 뛰어 들어갔던 것

더러운 창자 속이면 어떠냐
새끼들이 팔 딱 팔 딱 숨 쉬는데 무엇으로
연명했느냐고 물었을 때

누군가의 밥으로 익어가는 힘 그것이었다고
대답했던 것

사랑을 모르는 배는 꽃이 자라는
배가 못 되나니!

네 마음의 이름은 달빛으로

얼마나 오래 어디까지 굽히면 받아는 주나?
달이 뜨자마자 몸 굽히면
네 안의 달이 켜지나?

어! 저분 이름은 분명 촛불이었는데
학교 운동장에서 고무줄놀이랑 팔방놀이 할 때
촛불이라 부르며 놀았는데

궁금해! 어디까지 굽히거나 굽실거리면
도대체 얼마나 긴
손가락들이 저분의 상냥함을 어디까지 이동시키면
달빛이란 이름으로 사는지

누가 불러주지 않아도 떠오르고
총으로 쏘아도 꺼지지 않겠네!

걸어온 길에게 붙여진 목소리와 콧대 붙들린 소매며
운동화의 끈
뿌리와 열매가 제 이름들의 순간이라지?

달빛이란 이름의 맛이 부쩍 궁금해지는데
아직 들키지 않았다면
세상이 하늘이 허락한 이름이 된 거 아냐?
시무룩해져서 돌아서는데

네 마음의 이름은 달빛이잖아?

너와 그는

네가 참외라면 행복이라면
너와 그는 생년월일이 같을지도 몰라
너의 향방을 시시각각 아는 그의 눈 눈보라
비 비바람 참 신묘하기도 하지 어디선가 잠 못

이룰 때 몸이 굵어지거나
씨앗 떨굴 때 수명이 좌우로 흔들릴 때 그의 순간도
잠 못 이루거나 굵어지거나 여물어지면서
흔들렸던 것

현재를 죄다 뽑아내고 다른 나무와 호수와 꽃을
넣어봐 그가 너보다 더 좋아할걸?

너와 그는 같은 순간에 존재한다는 생각을 하게 해
가깝게 멀게 오른쪽과 왼쪽이 되어
느끼는 사이라면

너는 삶이고
그는 죽음이라면 네가 그에게서 필사적으로

빠져나올 때만 삶이라면

그에게 항복하는 그 순간
참외인 너는 행복한 너에게 씹히면서
그를 건너는 중일 것이니

두께

라일락이 툭 목을 꺾는다 단명한 것보다 더
잔인한 일은 향기가 사라지는 일

향아! 늙는다는 것은 물이나 공기의 두께로
얇아지는 새벽이 오는 거
라일락의 입관식 날 관 뚜껑을 살짝 열고 난 괜찮아!
윙크해도 못 본 척하는 거

비애와 손잡으면 수다가 사라지는 거 이목구비를
데리러 올 물불,에게도 공손해지는 거
허공에 대롱대롱 매달려 유리창 닦은 적 없어서
소방차에 올라 불의 나라로 뛰어든 적

없어서 세끼 밥 벌려고 영영 못 돌아올
두께인 줄 뻔히 알면서 길 떠난 적 없어서
물불,에게 거슬릴까 봐 조금은 두려운 거

너의 다리는 어디까지

너 웃는 거 한번 보려고 한 점 다리 놓은 적 있다는 거다 휘영청 달빛 되어 번지고 퍼져 나간 적 있다는 거다 끊어질 듯 이어지는 작은 다리에 앉아 「가고파」를 열창한 적 있다는 거다 다리가 추가될 때마다 입안에 알싸한 즙 휘돌아 굽이치다 새어 나올 때도 있다는 거다

너 웃는 거 한 번 더 보려고 차린 가을 밥상 깍두기와 백합구이 백합탕 낙지구이 갈치구이 초장 옆에 생굴 다소곳이 앉아 있게 했던 거다 밥상의 수고는 아무도 몰라서 좋다는 거다 우리라는 문장이 완성되면 된다는 거다 다리 건너 어디까지 갈지 몰라도

좋다는 거다 누군가의 옷섶이든 피어나 쭉쭉 자라나서 다리의 세력 넓혀주면 족하다는 거다 누구라도 그 다리에 앉아 지저귀는 새 되어도 허공을 빵처럼 뜯어 먹는 수고쯤은 해야 한다는 거다

드림 파트너

우린 미팅에서 짝이었어 넌 얼굴을 바꾸었으나
마음은 다행히 너였어
나도 얼굴은 바꾸었으나 마음은 다행히 나였어

바뀐 외부지만 서로에게 끌리는 내부를 알아챘지
미래를 약속했어 가짜 얼굴을
눈치챈 부모님과 대면해야 했을 때 우린
절망으로 일그러졌지

바뀐 체형 바뀐 얼굴 때문이 아니야 우리 얼굴의
진짜 주인이
같은 하늘 아래 살고 있다는 그 일을 근심했지

비애를 머금은 표정으로
서 있는데 막이 내렸어 끝난 연극이었어! 아!
그러면 된 거야

가슴 쓸어내리며 한 번 더 물어보았어 연극 밖의
마음도 여전한가?

외세로 붙잡은 미래인데 서로의 짝으로

평생을 함께할 수 있나? 마음이 생을 이끌어간다는 것
서로의 뼈에 수놓으면서 수십 번의
삼수갑산 넘을 수 있는지?

줄리엣의 편지

몰라주거나 모른 척하는 한 세계를 향해
도착 불가 편지라도 띄우면 안 되나?

없는 길 보여주시라 간청하다
에이! 몰라! 하면서
독의 반 쏟아버린 무뢰한 처사에 대해

용서 빌며

반만 죽었다 깨어나서
밥 짓고 꽃 키우고 책 보고 달빛 마시며
로미오를 부정해버린 앙큼함에 대해

용서 빌며

답장 올 때까지
칠백육십오만 사천삼백스무하루
기다렸으나 기다리다가 지친
그날들

반쪽이라도 살아나려고 독을 빨아내던
혀와 그 세월에 대해서도

맛

이리 와봐 독한 냄새가 아직도 나는지? 과즙이던 혀
에 청산가리 무서운 독성을 가혹하게도 묻혀 오기도 하
더라 외지로 산골로 떠돌 때 모두 빠져나갔는지 이리 와
봐! 15년 만에 다시 만난 느티나무와 아침상을 마주하는
데 못 보고 산 열다섯 해 서로의 종아리에 빗방울과 그림
자 사무치게 걸려서 모래알 같더라

혀의 독성을 빼내려고 전전긍긍, 상처를 모르는 물방
울 한 톨 부끄러움 모르는 햇살 한 줌 쉬이 넣어주지 못
한 무능 아는지 모르는지 잘도 두툼해져 고요는 만병통
치약이라는 말 들끓어서 너는 너이면서 아무나 되면서
더 세차게 들끓어서 눈망울 깊게 내려앉은 맛, 청산가리
처럼 독하게 산 흔적 없어서 아직 누구도 널 토해내진 않
아서 간 보아주신 분이 계신 것 맛을 썼어주신 분이 계신
것 고요해져서야 알 수 있어서 한 사람을 깊이 안다는 것
은 한 봉지의 향기이거나 마약을 곁에 두는 일인 것도

누구나 추위가 살아 있어서

추위는 따뜻함의 처음인데 비싸게 사 온 따뜻함도 세상만사 시들할 땐 뭘 데워준다는 의미가 의뭉해 그날 딱 그러했어 아궁이 열어 통나무 곁에 솔가지 하나 넣고 죽거나 말거나

낡아빠진 추위는 그날도 활활 타오르지 못했나? 혼자 늙어 죽었나? 옆,에게 중얼중얼 종일 엇갈린 심사와 실랑이하며 저녁에 누웠는데 따끈하다

뭐야? 죽은 구들장에서 피가 왜 돌지? 가난한 등짝 아래의 손은 어디서 나온 무슨 마음인지 여전히 보고 싶다는 말이라면 그냥 넘어갈 수 없지 튀어나와 아궁이

연다 재뿐이다 통나무의 추위가 살아서 불타올라 주인의 등을 위해 온전히 사라졌다는 예측이 가능한데 외로움이 따뜻함보다 수명이 길까!

햇살 단추

느티나무를 건너 거실까지 찰나에 스며드는
아침 햇살 당신은 초인종 소리도 없이 들이닥친 낭보?

일상의 잔뿌리까지 떨렸을까? 이 아침의 달콤한
추억 마차엔 마부가 안 보이는데 마차마저 녹아내리는
햇살에 앉아

지금에 집중할 뿐인데 아름다운 생각이 새어 나와
── 여보세요?
저기 저 햇살 단추 좀 눌러주실래요?

아무것도 안 하는 애인

이 세상 모든 눈동자가 옛날을 모셔와도
마시고 만져지면서 닳아지는 물질이
이제 저는 아니랍니다

생각하는 일만 허용되는 색깔로 살게 되었습니다
천근만근 애인의 근심만은 입에 물고 물속으로
쿵 눈빛마저 물에 감기어져 사라질 태세입니다

그림자의 손이 아무리 길게 늘어나도
ㅉ이 ㅃ으로 ㄴ이 ㅁ으로 쳐질 때 있습니다
한계령에 낙산사 백사장에 우리 함께 가요,라고
말할 뻔했을 뿐입니다

생각만으로 버린 색이 되는 날이 제겐 있었어요
그림자 스스로 숨 거두어 가주던 그날
배고픈 정신의 찌
덥석 물어주는 거대한 물방울의 색깔을 보았습니다

삽입곡처럼

따뜻하게 구워지고 싶을 때 구워지면서
뿜어내는 빛이 그리울 때 행복은 미미한 빛이야!
미미한 빛이 모여 하늘까지 올라서는 거 달과 별
태양이 더욱 뜨거워지는 거

삽입곡이 흘러나올 때

누구라도 아궁이에 불이 붙기 시작하는 거
훨훨 타올라 다른
이력으로 무럭무럭 자라날 때 속도가 만져지는 거
불속에서도 살아남은 정, 불길하다면
놓고 가세요
제발 클랙슨 소리 달빛 소리 들려주지 마세요

삽입곡이 흘러나올 때

빛의 눈동자가 잿더미 속에서 일어나네요
이번 생의 유물처럼
이제 질문해도 좋은 타임 당신의 진영은 여전히

거기세요? 미미한 빛과 친하게 지내고 싶어요

불이 사라진 세계란
누군가의 탁자 위에 놓인 붉은
단호박 사물에 비유되어도
상관없는 일

시냇가 시냇물에 넣어줘야 해

어째! 저렇게 매혹적인 결혼식도 있네!

신부 진 낭자와 신랑 서한*만의 이미지
하객의 자격으로
무한정 먹고 마실 수 있는 이 떨림

저런 눈빛과 미소 저런 걸음걸이와 인사는
분명 나와 초면이라서
마냥 먹고 마실 수 없어서 호주머니와 구두 가방에 넣
어봅니다
오늘 만난 눈매와 향기와 목소리와 걸음걸이 들을
누군가의 침실과 식탁과 서재에 넣어줄까 해요

어둠을 지우려고 자꾸 환하게 피어날까요?
내 가방, 원고지에서도 무사히 피어날는지

담을 수 있는 곳엔 어디에나 가득 넣어서 돌아오는데
성미 급한 이미지들 마구 피어나
저를 덮어버렸습니다

우선 백합과 수국과 흰 장미를 꺾어 들고
서둘러 기차를 탔습니다 간이역에 내려서

오늘의 아름답게 떨리는 저의 심장을 물의 심장으로
이어보려고

* 서홍관 시인.

너라는 카메라

어쩌나 교사 아파트에서 오십대 교사의 죽음이
닷새 후에야 발견된 일을
젊은 아파트에서 삼십대 남성의 육체가 백골이 된 후
에야
알려진 그 일을 어쩌나 노인 아파트에서 발견된 74세의
한 고독사를

그들의 꽉 찬 소름 훗날

아무나 발목을 물면 어쩌나? 죽음을 알리려고
얼마나 용쓰다 멈췄을지
처절한 그 냄새 어디로 다 내보내야 좋을지 엉거주춤

어쩌나 단 하나의 마음 회선도 없을 때
하필 우리 이름 부르면 어쩌나 두근거릴 때

밤의 체온을 살피려고 베란다를 찾는 새벽의
네 마음 좋다
혼절 직전의 꽃대가 새벽을 꽉 물어준 거

좋다 사연을 알리려

내민 일곱 꽃대가 일곱 번의 신호라면
그 향낭이 올해의 불우를
내몰아줄 단 하나의 회선이라면

부디 바이칼 호수

시베리아산 통 큰 바람을 칭칭 감으며 몽골산 은하수를 벌컥벌컥 받아 마시며 깊어진 당신과 눈인사는 꿈도 못 꿀 처지 당신의 농익은 정신 농익은 수명 천부당만부당 길게 손 뻗어 악수 한번 하고 싶은 오늘인데 흠모는 자유 설익은 사람은 기죽을 줄도 몰라 몰라서 호수의 눈과 귀와 소리 함부로 흠모할 때 열 개 백 개

수천으로 늘어난 눈과 귀와 소리 야호! 정오의 눈빛을 배부르게 빨아들일 때 갓 태어난 햇살 종아리에서 자맥질하는 한낮을 돌아 퇴근하고 싶을 때 헤싱헤싱한 숨소리 열어젖혀야 해 숨 몇 올 빼내어 던지며 흠모하는 당신께 활활 홍당무는 객관적 상담 호소해봅니다만 화해처럼 큰 그릇 본 적 있나? 되물으실

지극하게 아픈 배 쓸어주실 손길 떠올립니다만 본인이 본인과 화해하고 싶어서 어긋나기가 버려지기가 두려워서

나포에서 뉴욕으로

여기서 뉴욕은 서정의 반환 머물고 싶은 세계의 예명 처절한 자괴감에서 터져 나온 혼잣말 마음의 풍토병 잠시 사람의 일부로 사는 시클라멘 너를 바람 좋고 햇볕 좋은 부위에 하루만 얹어놓아도 목선 허리선은 물론 눈빛마저도 휘영청

농염해져 어제의 서정은 이사를 원해 다른 세계 진입이 가능하나? 네 안의 나무와 꽃은 철없이 나부끼고 호수는 옹알이할 것 같아 눈 뜨고 감는 일 아침상 차리는일 마주치는 각도마다 윙크해 정신이든 물질이든 깎아는 주되 깎지는

않을래 생각의 틈새마다 붉은 내용 끼워놓을래 굽은 허리 펴질 것 같아 걸음걸음이 경쾌해져 목이 쑥 올라올 것 같아 창을 열고 한 발 내딛는 느티나무가 될래요 변절을 잘 모르는 연두 밥상 올려드리겠다 맹세할 것 같아

killing travel

방향을 놓아버릴래! 폐허가 되어본 적 없다면 짐작 따윈 사절입니까 최후의 폼페이 지나간다 혼자서 검게 날아 볼래요! 여행의 눈동자는 한 방향 한 사람의 눈동자

너 없어지고 나 없어지는 여행의 기습 공격은 달관 같기도 해 탈옥 같기도 해

너로부터 너를 가장 먼 데까지 떼어내준 손가락의 힘 이제 시작이야! 외치며 손가락 끝에 하얀 손수건 걸어놓았습니까 사람이라서 서로 잡을 수 없는 하얀 마음입니까 달관도 탈옥도 지금은 그저 흐르는 물

세상의 이마에 꽃,이라는 모자를

바람과 비의 호흡으로 사는 그녀는

비와 바람의 세포로 흩어지기 시작한 셈

옆 사람을 끝까지 붙잡아둘 재간이 없는 그녀는

부재를 가리려고 모자를 쓰기로 한 셈

이미 그녀의 후세가 되어 밥 짓고 노래하는 그녀는

가끔 상상이 현재가 되기도 한 셈

세상의 이마에 꽃,이라는 모자를 씌우며 사는 그녀는

그 일이 그녀의 유일한 일이기도 한 셈

3부
소녀는 환하고 나는 유리창을 닦는다

후회 깊은 집

사진* 속의 나무들 좀 봐!
상부가 사라져버렸잖아 아랫마을 상사화의
붉은 세상 속으로
살아온 시간의 정이란 정 죄다 그 속으로
다리 아래 그 아래로
흘러가버린 세월이라면 너마저 그러했다면

놀라는 척 부끄러운 척은 하지 마
너의 선택에 대해 무슨 말을 하면
귓속말이 될는지

저쪽의 아픔 헤아리지 않고서는
이쪽의 아픔도 도려낼 수 없다는 말은 차마
내뱉지 못해서

* 홍성각 사진전에서.

뜻밖의 배후

불면의 배후는 눈부심 눈동자 속에서 뒹굴 밤을
원해 넓은 이부자리처럼 한없이 퀭한 눈동자를
원해 맘껏 뒹굴

꽃의 배후는 어둠이라는 생각 그중에서도 라일락
칸칸의 첩첩의 검은 코털 사이의 향기라는 생각

전쟁의 배후는 토끼 히틀러식 푸틴식의 뇌
사자후,라는 생각 눈물이 아무리 지구를 흔들어도
맹수 앞의 토끼라는 생각

병의 배후는 처방전과 영양제 그중에서 비타민
C라는 생각 유명 제약 회사라는 생각 끝 모를
기쁨이라는 생각

배후의 이목구비를 오므리고 구부려서 오게 한다는
생각 너그러운 계절은 참으로 부지런히
도착한다는 생각

사모하는 마음의 후사들은 한 정원에 모여 산다는
생각 love의 안식처는 풀밭 올려다볼 종교는
식물성 상처의 배후는 본인이라는 생각

첼로의 시간

존재의 지하실에서 손잡아주는 눈물의 힘
지금은 널 위해 오직 너를 위해 눈물 흘리는 시간
잘 익은 상처에 업혀 흐르는 시간
토닥토닥 토닥여주는 자클린의* 심장이어서
다행인 시간
잘 달여진 상처는 누군가의 지리멸렬한 아침을
번쩍 눈뜨게 하나?
"아니야!
바렌보임이 자클린의 손 놓아버린 그 낭떠러지가
짐작된다면 그런 질문은 못 해!"

"아니야 그 장면이 끝이 아니야.
불타는 심장이 있다면 오세요! 찢어진 시간의 바느질도
오실래요? 심야의 액체
첼로 자락으로 흘러가게 해줄게요
아픈 영혼의 치석도 오세요, 영혼의 치간 칫솔로
스케일링해드릴게요!" 하는 저 느낌
첼로가 되었다는 느낌

이별 후 바렌보임 눈동자가 침략자처럼 흘러왔다면
비극은
따서 삼켜야 끝나는 일인 거잖아!
남과 여,라는 마비 구역에서 해방될 거야
드디어 두번째 눈물이 되었다고

풍화된 영혼을 여닫는 비를 내리고
눈을 내리고 덧없는 욕망도 내려오게 한다면 세번째
눈물에 얹혀서 흘러보고 싶어

그녀 휠체어에 공기총에 쌓인 고요
고요보다 낮은 세계 위에 세워질 눈물 집합소로 흘러
가볼래
가서 떨어져 내리는 눈부신
폭포가 될래

* 첼로곡 「자클린의 눈물」.

소녀는 환하고 나는 유리창을 닦는다

그릇에 넣어줘야 먹을 수 있잖아! 몸이 없으면
금방 떨어져 죽고 말던데 말만도
마음만도 고맙다고? 어휴

말이든 마음이든 걷고 뛰고 버스에 기차에 오르려면
몸이 필요해

계산된 마음이 얼비치자마자 죽사발 될까 봐
가난하면 가난한 채로
못 배우면 못 배운 채로 쑥쑥 자라던 소녀는 환하고
나는 유리창을 닦는다

화기애애 좀 열어주시겠어요?
──아 네 네 그저 유리창이나 닦는 일 누구에게라도
만만하게 뵈는 일이 최고죠 네 네

훤히 비치는 물결 위 연두나 꽃잎을 쓰다듬던 고객들
팔만 쭉 뻗으면 붉은
열매쯤은 얼마든지 손에 쥘 수 있다는 듯

굳은살 박인 네 고독은 얼마든지 뜯어내 휘저으며
내동댕이칠 수 있다는 듯

그럼 그럼! 무료함을 흔들어대면서— 좀더 오래
놀다 가실 거라서

파양을 알아?

상처를 느낀다잖아! 문어는
그날 천 개가 넘는 빨판으로 지난날에 대해
문자를 치고 또 친 것인데

바다는 무정하게 물의
정수리를 문지르던 천 번 호소 모른 척한 것인데
그날의 이별을
파양으로 본 거야? 그런 거야? 시크라멘, 넌 얼마나
쓰라렸을지

"비정해요!"라는
"왜 하필 저예요?"라는 말이 "그 많은 겨울꽃 중에서 왜
하필 저죠?"라는 질문이

입에서 마음에서 녹아버린 거야? 그런 거야?

— 분홍이어서야! 우리 식구 중에서
마음의 숱이 가장 많아서
너의 자태 너의 색조가 그 문턱 들어서면 어둠을 골고루

지워줄 거라서 널

보낼 수밖에 없었던 그 마음도 헤아려줘, 정을 못 털어낸
널 알아챈 분 혈육이든 사랑이든 죽을 때
저의 일부가 딸려서 나간다는 것을 알아챈 분

그분이 다시 우리 곁에 널 보내주신 그날 밤이었어
"아직도 시 쓰니?"
친구 희자가 물었을 때 "응 파양당하기 싫어서"

문어의 좌절은 매매 관계에서 불어온
바람이니까

실물입니까

그땐 정말로 그랬어 마음에도 숱이 있어서
가설 부부 모임이 처음이어서
내키지 않는 첫발을 넣은 곳 집 안에도

계곡이 사는 집*

서동 설화의 동네 어은당에 가면 옛날 동요
「나뭇잎 배」를 시작으로
「고향의 봄」을 지나서 수양벚꽃을 지나 「가고파」를

부르면 가고 싶은 곳은 어디든지 데려가줘서
가곡으로 배부른 오후를 지나 이중섭 위에
백석과 기러기 울어 예는 목월을 올려놓다 보면

우주를 모셔올 용맹이

반짝여서 싸리꽃이 건너왔어요 악수하는 맘이
촉촉해지고 눈까지 내리면
그 눈을 다그치지 못해 더운 술잔

눈빛으로 받아 마실 때 태어난 저녁을 만나

우주의 뇌를 찍으면

사람 뇌와 거의 같다는, 사람을 사랑하지
못하면 의사가 될 수 없다는 말** 위에
음담패설까지 섞어져서 세월이 아무리 흘러도

어은당의 그때 그 시간은 사진이 아닌 실물입니까
마음의 숯이 많아지는

* 이종희 화백.
** 유광재.

67

어쩌다 혼디오몽*

수국 카페의 처마에 눈치 빠른 제비들 다투어 집 지을 때 푸르게 숙성되는 아흔아홉 채 허공 아흔아홉 채 종루엔 아직 종지기 없다 목울대가 붉어지도록 울기 시작한 종루 바람의 눈시울 붉어져 컹컹 짖고 싶은 물어뜯고 싶은 무릎 사이마저 분홍으로 일렁이는 곳 고인 함성 사이에 으아리 붉게 피어나는 곳

너의 악다구니든 그의 결핍이든 붉어진 종소리에

툭 툭 터져서 흩어져버릴 때 아흔아홉 채 허공 제 기분만으로 둥근 해 되어주는 곳 사재를 탈탈 털어 화평을 빨아들일 때 천 평쯤의 불우 사들여 산방산 수국 천지에 유배 보내고 싶을 때 해와 달 뜨는 곳 하귤이 덩달아 달이 되는 곳 아흔아홉 채 종루의 종지기가 되는

* 제주 말로 '더불어 함께하자'라는 뜻.

68

해녀의 세계

몸으로 어둠의 혓바닥을 확 그을 때 환해진 어둠 저승에서 벌어 이승에서 쓴다*는 생포한 어둠만 생생한 물속 어둠만 들이켜는 해녀 물질할 때만 그 순간만 겨우 환해도 족하다

가마우지 날고 몸 하나 띄울 저 맑은 물살이면 족하다 수십 해의 숨비소리와 맞바꾼 쭈글쭈글한 심장을 팔아 몸에 밴 짠맛 팔아 잠재울 풍랑이면 족하다 환함을 물에 풀어 끼니의 등대 먹여 살릴 수 있다면

* 해녀들의 속담.

맹세가 의젓해질 무렵

세상에 온 사연은 누구의 옆구리에서 시작해
네 편은 네가 만드는 거라서 더욱
제발!
연애를 흑판에 썼다 지우지 마

우주 바깥까지 튕겨 나아갈 힘 얻고 싶어
너흰 너와 아름답게
맹세해야 맹세와 결탁해야 맹세가 의젓해질 무렵
아이를 낳지 아이가 자라 일하고 사랑하고
또 아이를 낳지

헤어지지 말자고 하늘도 내일을 보내준 거
밥 한 톨 남김없이
오늘을 삼켜야 내일을 받는다는 거
따뜻한 순간들이 어제를 먹여 살린다는 거
그 내용은 세계 공통어 아닌가?

교훈 소설이 없어지고
명화가 없어지고 어른이 없어지고

스승이 없어지면
영웅이 사라지고 동료가 없어지고
친척이 없어지고 동네가 없어지면 몽블랑이 끝내
녹아내리면

코로나와 마스크만 남게 되면?
나도
사라지고 너의 손마저 안 보이면?
너를 찾아낼
눈동자가 필요해 부디 세상이 다시 태어나게
할 미끼를 줘 제발

채널 최선주

그녀는 부엌의 일부 머그잔과 베란다와 시렁이다
받는 일이 떨려올 때 표정이 바닥에 떨어지거나
어항에서 물결칠 때

젖은 표정 닦을 때 마주친 그릇들이
낄낄거릴 때

대문 옆 바닥에서 오이 호박 쑥 해산물 들로
웃고 서 있을 때 고구마 묵은 김치로
기다릴 때 다정과 신앙심 중 누가 더 힘이 센지

궁금할 때 반찬 솜씨는 그림보다 시가 더 좋아서
다행일 때 시는
이 세상의 취사병! 넌 그녀 채널의 요리사

옷들은 몸이 늘어나서 운동화는 발이 안 맞아서 준 거
버릴 수 없어서 남아서 준다며 부담은 빨랫줄의
빨래 걷듯 거둬가줄 때

불임이던 난들이 낮은 층에선 두 번이나 꽃대를
올렸을 때 그녀가 놀러 와서 올린 꽃대도
이제는 네 몸

소리의 내부

　무명 가수들의 수십 년 내공이 사나흘쯤 겹겹이 뭉쳐
져서 허공을 뚫고 날아오르면 용오름이 되나? 무명의 게
와 물고기 들이 그들의 절창 타고 오르며
　"이봐 당신도 어서 결정지으시지"

　따귀를 쳐서

　그래 좋다 소박함을 넘어 무료해지자! 공포를 건너 바
다를 건너 사 온 다른 나를 인정사정없이 빙빙 빙 어지럽
거나 말거나 깨지거나 말거나 저 멀리 집어 던지긴 던졌
는데 꼭대기 없는 희망과 말린 오징어 다리 섞일 수 없는
해명들이 빙빙 빙 돌려지면서 몸서리치면서 가방에서 쏟
아져 나오긴 나오던데

흙

청량한 눈물방울 떨어져 최초의 네가 된 것
장엄하게 죽은 자의 흙엔 뜨거운 피 되살아 흐르나?
마음 여린 흙에서도 생명은 태어나나?
질문을 뚫고 찔레가 하얗게 운다
현무암 구멍구멍 울자

따라서 운 것 장례식장에서
상주가 서럽게 울 때 조문객의 눈물샘도 들끓어서
흘러나오나? 청정 지역에서만
운다는 달팽이
글쎄 거미줄처럼 가느다란 꽃대에 의탁해서 우네
청빈하게 흔들리며 우는데 저 씀바귀와
노란 냉이 꽃은
달팽이의 우주인 것 뜨겁거나 여리거나
울음은 울음인 것 두근두근
네가 되는 것 생명인
너인 것

우린 실험실의 주야

알고 보면 세계란 펼쳐놓은 실험실의 주야
온갖 형상들이
줄을 서서 기다리지 갓난아기부터 맛 좋은 음식
잘 닦인 공기

쌓여서 기다리지 아마 깊은 잠 자거나 금방
그늘져서
우울할 때 울음 넘칠 때도 있지 세상에! 우울과
울음마저도

존재의 실험실을 통과해야 몸 달 수 있나? 취업은
재계약은 실험 이후 또 그 이후
또 그 이후의 순간들이지 줄 서서 함께 분통을
터뜨릴 뿐 배정받은 부서의 이마들도

몇 번의 실험실을 더 거쳐야만 해 이쪽저쪽으로 분류
되고
폐기되거나 되살려지면서
취업이든 재계약이든 이뤄지는 거 이어지는 거
대대로 무심히

고지식하게

몰라 당신의 두통 1번지에 왜 암술을 이식시켰는지
어쩌려고 감성 이입에 설렜는지

스파이도 좋아 당신의 마음 스웨터처럼 짜볼래
꼭 맞는 나사 만들어볼래 당신 두통
자리에 꼭 맞는 새벽을 짤래

의혹은 이해해 새벽을 두통으로 여는 방향성은
더 이해해 네! 하고 사뿐히 대답만 하는
널 위해 말씀은 받아 마실래

지금의 뜨개질 수준으론 이마에 써주시는
그 찰나, 받아 짜려면 처량해 그저
당신에게 이식된 암술이 쓰는 연서일 뿐

4부
돈 갈퀴에 걸려서 터져버린 풍선처럼

허풍선이

사람이 제 어둠만으로 하늘을 덮을 수 있다는 듯
매운 눈빛만으로 허공의 눈동자를 찌르려는 듯
어둡고 매운 남매가 날아올라,

고라니와 채송화

네가 잘 아는 채송화인데 오늘 뿌리만 빼고 죄다 뜯어
먹히고 말았다는데 옛날 여자 중의 여자인데 여름 내내
사람들이 뱉어낸 뜨거움의 찌꺼기를 삼키며 뙤약볕 아래
에서 일만 하던데 낮은 자리를 헤아리는 마음 여전한데

엄마의 엄마 치매 시중까지 도맡던 딱 친정의 행자 언
니 열아홉의 표정인데 사방이 채송화 천지 될 무렵 하필
태풍이 몰려와서 하필 채송화만 굶주린 고라니란 놈의
서너 끼 밥상이 되고 마는데 경찰은 출동도 않는데 네가
잘 아는 채송화는 글쎄 남편 몫의

아들 몫의 분노까지 심지어 고라니란 놈의 분노까지
먹여 살리려 하는데 사라진 상부를 순 틔워서 피어나고
피어나는 중인데 그 모습이 영락없이 행자 언니 요즘인
데 온몸이 꽃으로 들끓는 채송화를 죄다 뜯어 삼키고도
멀쩡할 수 있나? 하루쯤은 고개 숙여 울컥해야 옳잖아?
부글부글한데

땅의 시간은 사람의 소속이지만 죽은 자의 소속은 하

늘이라고 믿는 자들이 나를 향해 이봐! 고라니의 입속으로 들어가버린 채송화 상부는 이미 하늘의 소속이야! 왜 고라니가 속죄해야 해? 그런 시점에서 보는 거야? 나를?

흐르는 방향에서 좌회전

계절이 사라진 나라로의 입국을 원해요
아무 때나 꽃잎이 흩날리면 아픈 손가락에도 약속의
열매

불쑥 열리는지 경쟁심이 사라지는지 스무 배로 붉어
지던
마음이 서녘으로 흩날리는 초저녁

제 안의 가장 안쪽부터 뚫리기 시작한 고속도로
개통이 임박한 설렘이 저 흩날리는 꽃잎들이라면
어머니! 하는 마음이라면
영화 「쇼생크 탈출」의 듀 프레인이 벽을 뚫고

탈출에 성공하듯 없는 순간을 만나려고
그 반이라도 뚫으려고
하늘이 나머지 반은 뚫어주실까 말까는 생각해본
적 없다 막막해서 그냥 길은
공짜라든가

저절로란 말 없더라 배역 또한 우연이란 없더라
뭐 그 정도는 알고 있어
문득 고속도로만 달리던 세력에게, 너의 가장
안쪽을 뚫어보려고 사무친 적 있나?
물어보면서

고속도로는 착오로 너에게 하늘이 주셨다면
좁은 길을
빠져나가는 기회만은 공짜로 못 주실걸?
좁은 골목만 누비던 형편들에겐 머리카락 한 올 안
다치게
좌회전을 허락하실 거야

상상하는데

부모 마음 다 똑같지 하면서 꽃잎들이 두 배였다가
다섯 배 스무 배 무한정대로
겁도 없이

오징어 게임

거주지는 벼랑, 네가 너를 구하려면
허공으로
날아
날아올라야 해

지금 몇 시야? 오늘은 몇 송이의 우리가 살아 있는
거야? 질문을 뚫고 빵!
탈락입니다! 빵! 틀린 동작 하나에

아니다 돈 갈퀴에 걸려서 터져버린 풍선처럼
영혼들이 사방으로 퍼질 때
의외로 경건하지?

그지?

속고 속이는 순간을 마시고 태어나는
쩐의 게임인데 그지?

그 맛은 두 번 들이켤 비위가 없어서

단 하루의 수명만 원한 나팔꽃들인데 수런수런
걱정하는데

── 거기 누구 없으세요? 동무 모가지가
허공의 마디에 걸리고 말았어요!
소리 나는 쪽으로 다가선 명희는 두 손을
호호 불고 비빈다

── 위험해! 남편이 소리쳐도 긴 간짓대처럼
팔을 뻗어서
출산 중인 나팔꽃 목을 올가미에서
빼내어 포근히 감싸주면서

── 인간의 용기는 여기까지야!

마음이 스며드는 소리 들으면 꽃의 머리가
반쯤 열리나?
활짝 또 나머지 숨소리도 피어나나? 겨우
하루를 살려고 피어나서는

이런 날도 오네요

밀라노의 아침으로 느릿느릿 오늘만은 고상하게
예쁜 골목길 만나면 허밍도 좋아

해가 질 무렵엔 유리잔 속 붉은 해변을 마시려고 길고
좁은 골목길로 들어갔던 것인데
문득 시인은 가난해야 하고 불행해야 하고
기도문 외우듯 되뇌는데

붉은 잔 속에서 출렁이던 발칙함,이 벌떡 일어나
가난을 죽음을 반으로 나눠 땅에 묻고 밟을 때 아랫도
리가
휘청 휘어지더냐? 때때로 시로
사는 김종성 원장께 따져 묻는 이런 날!

수업 시대

네가 네 엄마 되고 아빠 되어 이삭처럼 세상에 왔는데
스승은 될 수 없는데 말 말고 맘을 뚫었다면 도청 장치하
듯 귀 하나 더 내어 달았다면 세상의 아픈 소리 빈틈없이
흘러들어올 귀 열고 잠들었다면 남이 울 때 생살 떼어내
먹이며 달랬다면 시는 웃었을까 단 아무리 배가 고파도
눈물로 짠 관 속을 뒤지진 않아 넌 아무리 누울 자리가
없어도 이슬로 짠 관 속 시체까지 감으며 뻗어나가는 뿌
리는 노!

역사

각양각색의 각도
그 이부자리를 칸칸이 싣고 출발한 열차입니다만

종착역이 또 가난역이면 죄송해서 어쩌나?
현존하는 환상역을 공들여서 만나 뵈러 가는
열차입니다만

「기생충」역과 「미나리」역 아홉 번이나
건너뛰면서 주눅이 들어 운행을 중단해야 하나?
심사숙고 중입니다만

발톱까지 진보인 기관사이지만 지금은
덜 가난해서
도착지가 더욱 두렵습니다만
운행 방식이 두려워서 간이역들 두려워서

많은 역 지나쳐버린 열차이고 맙니다만
태어날 역사는 더욱더 두렵습니다만

자꾸 베니스 상인의 거울이

일확천금을 노리는 저 가방 좀 열어봐줘
명예만은 아니더라
금 꿰차려고 돌진하는 오후가 있더라 극빈의
처지도 아닌데 기부금도 안 내면서

월급도 상여금도 꼬박꼬박 받으면서 왜 돈다발
속에 발을 넣으려고 서성이는지?
이미 너의 거울에서 네가 중계되고 있는데
돈 냄새 낭자한데

거울을 뚫고 도망칠 수 있어? 입만 열면 가난과
한편인 척하는데 너, 말이야
이미 지폐 넣는 가방이 되어가는 네 몸에서

피 한 방울 안 흘리고 너의 명예 1파운드
도려낼 수 있어? 기업이든 가업이든
소상공인이든 산 채로 나올 수 있느냐는 것인데

다이빙

일종의 개업이다
코로나가 등 떠밀었을 때 그 여자는
바람의 큰손인 보라와 시로코,의 바람을 맞으며
방향을 맡기기로 한 것인데

세입자만 아프나? 임대업자도 아플 수 있나?
권리금은 추억이다 렌트 프리도 무한 리필, 위가
아닌 아래 아래로 날아가면서 밑바닥까지는
떨어져줄 요량이었는데

사람의 무게를
단칼에 덜어내야 할 터인데 주인이면서
고객이면서 바람이면서 물방울
두 개이면서 네 개, 수백 개의 손이어야
허공을 제압할 터인데

포기할 때 불어오는 바람을 꽉 물어볼 거야

그 여자는

보라와 시로코,에게 바람맞아 뛰어든 것인데
무사히 닳아지고 있을 터인데
닳아진 저를 접고
접으면서 가장 작은 순간이 되었을 때
다이빙

청자 언니

90도 꼬부랑 할머니다 겨우 몇 살 위인데 어머니뻘
같다 아들도 딸도 다운증후군이다 두 아들은 50이
되도록 이모네 식당에서 종일 설거지만 한다 저축은
청자 언니의 다른 이름

전기세 아끼려고 달빛으로 밥 먹는다 자세히
보아야 사람이다

철 따라 굽은 손과 허리로 지은 농사를 준다 꼭대기
우리 집으로 올라올 때도 자세히 보아야 사람이다

버스에 두고 내린 그녀 휴대폰을 우리가 찾아준
그날부터 비 온 후 밭고랑 사이며 무너진 둔덕 돌봐
준 분이 누구인 줄 금방 알았다고 했다

잘 걷지 못한 지 서너 달 후 영영 떠났다 산 채로
나도 떠났다

우리 뜨던 날 그림자로 주저앉아 손을 흔들더라 마지막

목소리가 가는 실 같더니 영영 가고 말더라 우리 마을은
여린 맘 순서로 떠나더라

언니는 이제 달빛이나 햇살 주머니로 들어갔을 것이다
사람으로 바뀔 즈음 허리가 쭉 펴져서 호박 가지 쪽파
를 다듬을까? 병 없는 아들딸 낳아 결혼시킬까 이번엔
장수할 남편도 만날까

삐뚤삐뚤한

너 알아? 가난이 왜 사는지 희로애락을

숨 쉬게 하려고? 이 세상을 먹여 살리는 물질이니까

백 년이 흘러도 고흐가 넘치는 귀를 베어낸 후에야

놓아주는 이 세상

이중섭의 그림 「소」가 47억에?

가난도 풍장이 가능할까 하면서 처와 아내를 놓아주고

바람이 되어버린 지금에야 이제야

개인 최고가 낙찰을 허락하는 이 세상

소읍에 사는 한 할머니가 팥죽 팔아 모은 1억

춥고 아픈 1억을 교회 건축 헌금으로

바쳐야만 열리는 천국의 문이라면?

설마 저세상의 문도 돈 많이 바치는 사람들에게

더 먼저 열리나?

쳇

함부로 부러워하지 않는

소녀의 비늘은 떨어져 빗소리가
되고 빗소리는 자라 폭포가 되나?
어디로든
가긴 갔다 다행히 살아서 날아갔다
어떻게 느껴?

── 전교생이 운동장에 모여서 조회할 때였어
사방을 깨금발 세우고 빙 둘러보면서

누가 가장 부럽니? 넌 너에게 물었어,
부럽지 않아 아무도
── 도시락을 못 싸 오는 처지인데도?
── 응, 햇살이 부담스러워 신문지로 창을 가리던 시절에
정남이도 연순이도 만났으니까

연두가 터져 나오기 직전 우린
공중에 다닥다닥 붙어 있는 함성이었으니까
아픈 비늘들은 누군가의 빗소리로
폭포 소리로 살아갈 테니까

─그때부터 알았단 말이야?

─응

함부로 부러워하지 않는 마음이 들려줬어!

빨랫줄

시인이 된 후 그라고 불러드릴 몇 분을 얻었다
무슨 성명서의
앞줄에 이름을 올리는 일보다도

가까운 사람의 머리 위에 들이닥친 천둥 번개 낚아챌
긴 간짓대가 되던 그가

누군가의 소소한 근심거리 대신하려고
두 팔 벌리고 이 사람 저 사람에게 고개 숙이던 그가
수십 명의 눅눅함을 말려주고는 어두워지던 그가

협박당하기 시작한 어느 밤을
그저 지켜보아야만 했다

몹쓸 병과 싸운다는 소식을 꿈의
바깥에서 확인한 순간

장담했다 그가 일으켜 세운 둘레들이 뭉쳐서
그를 빛으로 돌아가게 할 거라고

그라는 혐의가 물씬한 그도 지금은 그의 한 점
둘레일지도 모른다

꽃의 귀가

단명한 관상의 당신

종이배에 올라 노 저어 여기까지는 무사히 흘러오셨
군요?

입을 옷이 교복뿐일 때 초록 분홍을

허름해질 때마다 나무와 꽃의 팔다리를 넣어주던가
요?

점점이 꽃의 관상이 흘러들어오던가요?

수레국화로 번지는 들판을 상상하면서 노 저어 가시
나요?

5부
서로를 보고 만지는 순간 다른 시공으로

서열

아무리 넓고 넓은 우주라도 더 간절한 쪽부터
마음을 배달해주시려는

참 눈치 빠르신 우체부 아저씨, 만난 적 있습니다

이브의 아담

더는 속이기 싫어
아무래도 요새는 이브의 갈비뼈 빼내어 아담을
지으신 것같이 느껴져 더는 속이기 싫어

사탄식의 꼬임에 약한 이미지는
여전히 이브인데 수습 지휘봉은 왜 이브의 권한이지?
귀 좀 빌려주실래요?

옛날 이브와 요새 이브
요새 아담과 요새 이브 사이의 통화 내용 좀
커피 타임의 콧대 높은 목소리 좀 들어주실래요?

당신의 눈과 귀와 입이 한때는 강한 칼이거나
따뜻함의 요람이었나요? 어쩌죠? 이브의 눈빛만으로
당신은 이제 요양원으로 이동 중일 수도 있을걸요?

식솔마저 놓아버릴까 봐
팔순인 노모가 야시장에서 바지락 팔아 연명하는
신세 될까 봐 전전긍긍 더는
속이기 싫어 느낌이 와

엘리베이터가 너를

숫자판이 너의 눈에만
안 보였다는 호소인 거잖아 번호만
누르면 원하는 층에 도착하는 엘리베이터 안에서
덜덜 떨며 서 있었다는 거잖아

사방이 뚫려버려서 부릅뜬 눈동자로 보여서
너 하나쯤은 허공으로 날려버릴 듯
점점 커지는 동공이 너의 눈에만 보였다는 걸
믿어주라는 거잖아

신의 눈동자가 머무는 곳이 공중이라면 아마
널 통째로 읽어버렸겠지 싶어서
하필 공중의 바닥에 웅크리고 앉아서

폐가의 정원에서
수선화 뿌리를 몽땅 유괴해 어미가 된 일 여전히
높은 희망을 품고 산 일 후회했다는 거잖아

아무래도 넌 높이 올라갈 처지가 아니라는 거지
내면을 부검한 결과인데 뭐

청하옵건대

하늘의 후사인 이 세상
돌연사는 이 세상이 할까 봐 두렵다? 따뜻한
눈빛이 너의 허리를 감싸고 너의 허리가 훗날 추운
그의 시간을 감싸며 따위의 호소

허공에 두르거나 어깨에 걸쳐놓고
절절히 코로나 좀 저 멀리 데려가주시옵소서
말씀 올려도

정신주의자들 모여 정신의 하녀 신분으로
노동요도 사랑가도 운동가도 아닌
송가를 공기층이 출렁이도록
쏘아 올려도

이 세상을 존재하게 해준 일 감사를 몰라서?
언약궤 받은 자가 아직은 없어서?

우리를 안전하게 싣고 떠나가줄 기적 소리가
영영 안 들릴 수도 있으려나?

하늘의 바깥은 우리인데

성 프란치스코

　어제는 저 으리으리한 로마 시대 성당 앞에서 오늘은
발에 걸려 넘어질 듯 붐비는 관광객들 사이에서 내 안의
하느님을 떠나시도록 안내를 했습니다

　내일은 성 프란치스코의 헌신적인 자세, 그보다 더 마
음 여린 분을 하늘조차 찾을 수 없어서 그분이 선택되었
다는 그 마음이 마음에 들어서 저는 감히 어제와 오늘

　떠나시게 안내한 나의 하느님이 다시 내 안으로 들어
오시도록 길을 닦아두었습니다. 겨우 하루가 흘렀는데
산 위에 지어진 으리으리한 대성당 앞에서 저는 가만히
서 있기만

　했는데 내 안의 하느님이 들락날락하십니다 사람의
기분을 아시는 것처럼

믿지 못하시겠지만

하늘까지 그 먼 데까지
다녀와야 할 때가 있더라는 것——

몸으론 갈 수 없는 형편을 잘 아시고
잠의 시간에 다녀오게 했다는 것

그의 영혼을 꺼내어서
땅에서 하늘까지 깔아야 했다는 것

그날 밤 그만큼 다급했던 일행들은 모두 그를
밟아 우뚝 서도 좋다고 말했다는 것

그를 그조차 무참히 밟고 심부름 다녀오게
허락했다는 것
뜻밖의 답신을 받았다는 것

그날의 한계령

안내를 종료합니다,라는 기계음 소리가 왜 이 자동차
는 운행 자체를 종료합니다,로 들리지? 올려다보면 눈꽃
입은 수천 개 바위산인데

내려다보면 산수유 천지였다 입이 있든 없든 무엇이
든 쩍 벌어져야 옳다 그날은 별천지였다 누구든 운전대
를 놓아버렸을 것이다

같은 날 같은 순간을 누가 봄과 겨울로 쪼개어놓았나!
확성기로 큰 바위 얼굴의 전설 함부로 쏟아내나? 그 입
좀 다물라! 다물라! 아무리 외쳐도 사람 목소리는 소리가
되지 못하고 허공이 데려가버린다

자연의 입들만 또 확성기가 되어 마냥 소리친다 ─사
람으로 살다가 여기 모두 옮겨 왔노라! 두려워 마라 사람
그 이후의 생은

자유일 뿐이다 수많은 얼굴이 여기 모여 수천수만 겹
의 바위가 된 거다 나무가 되고 눈꽃이 되었다 사람의

한계를 더는 뛰어넘기 싫어서 한계령이 되었다──부
디 저 확성기 제압할 목소리를 신분증을 내려주시옵소
서! 주시옵소서!

파도 세례

모래밭에 남긴 누군가의 발자국에 너의 발을 넣어본
다 다른 발 또 다른 발에도 넣어본다 몰려오는 파도에 지
워져버린다 힘이 센 파도에 넣어본다 저 파도가 널

데리고 천문학적인 거리까지 흘러가주려나 바다처럼
영영 살려고? 아무나 발에 또 넣어본다 금방 도착한 카
톡 ─ 농산물 판매 센터 소식 ─ 덩치가 큰 파도에 넣어
본다

파도마저 멈칫한다 마지막 만난 파도가 발을 꽉 물어
준다 이렇게 간단한 세례도 있다 바다에 대해 물고기보
다 모르고 하늘에 대해 새보다 모르는 너

해가 뜨고 질 때 바닷물 깊숙이 제 몸 담그는 일은 바
다의 기분 그와의 친분 헤아린 것 수평선을 핑계로 바다
가 하늘까지 올라가는 일은 태양의 기분 그와의 친분 헤
아린 것

추억하는 일 덥히거나 식히는 일을 해내는 순간을 세
례의 삼중주라고 말해도 될까?

다음의 세계

저쪽 세계에서 지금 나를 지지해주고 있다는
입소문을 받았다 그 떨림을 마실 때
모르는 세계이지만 훌쩍 찾아 나서고 싶더라

누가 새벽부터 이쪽을 검색하고 있었던 것인데
나는 나를 어디까지 검색 가능할까,
나도 아직 모르는 세계를 밤새워 다 걸어가서
한없이 넓혀준 누군가가 보고 싶은
오후가 있더라

저쪽은 나를
아는데 나는 저쪽을 모르는 세계는
다음 세상입니까 두 눈이 빨갛게 달구어지도록
마음을 나누고 싶은데
서로를 보고 만지는 순간 다른 시공으로
이동되고 마는 세계 앞에서

침울해지는데 검색창에만 뜨는 그가
내 오후를 툭 치자 자정으로
넘어가는데

배웅이 시작될 때

정선심 여사가 추석 보름달을 따라 하늘길로 떠나던 날 송과 김의 효도가 한집안의 평화인 걸 봤다. 둘째 아들 송은 68년 만이고 며느리 김은 37년 만에 얻은 자유이면서

허전함인 걸 봤다. 익산 팔봉장례식장에서 60 넘은 시동생에게 꼬깃꼬깃한 손편지 받는 걸 봤다. 철없던 이십대에 형수에게 쌍욕을 한 그 일을 용서해달라고

부자 자녀가 있어도 양로원을 전전할 처지의 어머니를 무려 102세까지 부대끼며 섬겨주신, 천국까지 연결해주신 형수가 감사해서 열차에서 꾹꾹 눌러 편지 쓸 때 하늘 어귀로 막 스며들던 정 여사께서도 마지막

기운 꺼내 막내와 합작 편지 쓰신 걸까? 저절로 자란 송봉의와 비단 금침 없이 데려온 김명자의 효도만은 박삿감인 걸 봤다

벼린 카드

볼일이 생겨 바깥이 그리워서 외출하듯 목숨의 문 잠시 잠그고 외출할 수 있는지 문 앞에서 오들오들 떨며 기다려줄 사람이 아직은 있는지

기쁨의 피와 살과 근육을 삶아 조금 더 바쳐야만 외출할 수 있는 무게입니다 본인 빚은 본인이 갚아야만 피가 따뜻한 외출증 하사받습니다만

당신은 여기저기서 살며시 놓아준 카드 온몸을 벼리면 출산은 허용하는 카드 사람 몸이 한 번쯤 새가 된다는 것은 벼린 카드 그 후

숨

목숨이 뭐야? 열정이라고 얼버무리는 순간 네 아침의
호흡에 딱 붙어서 쉬 떨어지지 않는 냄새 고약한

느낌의 미래의 얼굴이 퍼 올려진 순간 어서 너의 열정
이 쓰러져 죽기를 바란다고 말해줄래? 숨이 끊어지려면
초고속으로

섬약해져야 해 낚시용 줄처럼 단련된 세월인데 쉬이 끊
어지겠어? 상처를 머금을 때마다 배부르게 삭아져야 해

가늘면서 뜨겁다면 단숨에 타오를 거야 활활 영유아
시절의 맑은 숨소리 쪽으로 귀를 쫑긋해야 해

지금보다 몇십 년쯤 젊으면 얼마나 좋을까? 철없을수
록 빠르게 삭아질 것 같아서 늙을수록 이 세상이 고마워
질까 두려워서—

몬테그로토에 밤이 오면

상처가 노을의 일부인 줄 몰랐을 때
그의 시간 속에 붉은 노을 스며들 때
남남인 어제의 아픈 고백들이 흘러들어와
조금은 더 붉게 붉어졌다

하늘이
사람이라는 씨앗을 땅에 뿌려놓으시고
완전체의 지루함을 견디시는 중인 셈이다
노을로 퍼지는 희로애락을 즐기시는 중이다

이 저녁엔 그렇게 생각하기로 했다

제 몸 거쳐 간 노을들이 고뿔 들 때
설사할 때 공부할 때 밥벌이할 때
부부가 되었을 때

그들의 잔잔한 어미가 되어 붉었을 것이다
생로병사까지 넘보면서 붉게 흘러갔을 것이다

스며들다

관계란 왕왕 엉덩이를 허공에 걸쳐놓거나 철봉에 매달리듯 손바닥에 저를 온전하게 맡기는 기술일까 왕왕 허공에 스스로 짜는 층계를 기대할까? 배꽃 필 때마다 순결함이 스며들어 복사꽃 필 때마다 분홍이 스며들어 과원의 마음은 하늘과 주인의 배급줄로 사는 줄 알았다 웬걸! 팔과 어깨 늘이려고 몸의 사방에 구멍 뚫었더라 뚫린 몸통 구멍마다 밧줄 이어주면 공손히 늘어나더라 길게 늘어난 복숭아나무의 팔이 길어진 배나무 팔에 턱 걸쳐 있을 때 제 몸 밖에 연이 없는 그는

쇠기둥에 이은 관계망들 섬찟해서 복사꽃 배꽃마저 섬찟할 때 등을 치는 지팡이

덜 달고 덜 눈부시면 덜 열매 맺고 덜 연연하면 되잖아! 넌 무허가 과원이잖아! 제 분수가 말 걸어올 때 그렁그렁 희고 붉게 충전될 때 아론의 마른 지팡이에 복사꽃 스며들듯 넌 일정에 없던 입장이잖아!

이웃들의 마실

김종훈
(문학평론가)

    박라연이 "우리는 우리의 관습으로부터 사물은 사물의/관습으로부터 외출할 수 있다면"(「우린 자주 자주를 잊곤 해」)이라 했을 때, 현대 시의 미학을 접해보았던 독자는 '낯설게 하기'를 떠올릴 것이다. 시 담론에서는 고정된 실체로부터 멀어지는 것이 아니라 축적된 관례로부터 멀어지는 것을 '낯설게 하기'라 한다. 박라연이 말하는 '우리의 관습'이 낯설어지고자 하는 대상도 이 관례들일 터인데, 주목할 것은 여기에 시인이 '사물의 관습'을 덧붙이고 있다는 점이다. 관습에서 외출하는 이가 '우리'와 '사물'로 구별된 경우, 낯설게 하기가 '우리' 인식의 외출에 해당하는 것은 자명한 일이지만 '사물'에도 그렇다고 선뜻 말하지는 못할 것 같다.

시는 일인칭의 문학 장르이지만 시적인 것은 일인칭의 목소리가 관례를 초월하는 지점에서 생성된다. 일인칭 단수 '나'이건 일인칭 복수 '우리'이건 용기를 내 기지의 영역을 넘어 미지의 것과 접속한 결과를 독자는 '시적인 것'으로 인식하는데, 이때 접속의 한 축은 언제나 인식의 주체였다. '사물의 관례' '사물의 외출'이라는 말의 뜻은 일반적인 '낯설게 하기'의 영역을 넘어선다. 거기에서 파악되는 것은 주체가 어쩌지 못하는 영역이 있다는 것을 알려주는 타자의 자리이다. 이를 박라연은 '사물의 외출'이라 말하고 있으며 또한 다른 시에서는 '이웃'이라 말한다. 이들의 목소리가 들리는 부분이 박라연의 시적 개성이 형성되는 지점이다.

일인칭 장르인 시에 '나'와 관련하며 둘레 세계를 구성하는 이웃이 등장할 때 공동체가 환기되는 것은 자연스럽다. 공동체의 위기라는 공감대가 형성된 곳에 이웃이 등장하면 현실의 문제를 반영하려는 시대정신이 드러나고, 홀로 있는 이의 고독이 감지되는 곳에 등장하면 과거 공동체의 기억이 환기된다. 독단과 고립을 막는 것이 이웃인 만큼, 이들의 등장이 필수적이라고 말하기는 어렵지만, 시를 풍요롭게 하는 요소라는 것을 부정하기는 힘들다. 박라연 시에 등장하는 이웃 또한 그러하다. 그러나 이들에게서 현실을 반영하는 시대정신이나 그리움으로 소환하는 과거의 흔적을 발견하기는 힘들다. 이

옷의 목록에는 '마음'이나 '기분'과 같은 일인칭의 내면
을 지칭하는 말이 등재되기도 한다. 때로 이들은 죽음
가까이 서성이기도 한다. 대체로 혼란스러운 모습이 연
출되는데, 그 때문에 조리 있는 말보다는 맥락을 파악하
는 데 수고가 필요한 타자의 말이 들린다. 그리고 무엇
보다 깨달음을 설파하는 웅변가보다는 다른 이의 목소
리에 귀 기울이는 경청자의 모습이 자주 나타난다.

잘 걷지 못한 지 서너 달 후 영영 떠났다 산 채로
나도 떠났다

우리 뜨던 날 그림자로 주저앉아 손을 흔들더라 마지막
목소리가 가는 실 같더니 영영 가고 말더라 우리 마을은
여린 맘 순서로 떠나더라

언니는 이제 달빛이나 햇살 주머니로 들어갔을 것이다
    사람으로 바뀔 즈음 허리가 쭉 펴져서 호박 가지 쪽파
를 다듬을까? 병 없는 아들딸 낳아 결혼시킬까 이번엔 장
수할 남편도 만날까

　　　　　　　　　　　　　　　　　　　　—「청자 언니」부분

시에서 청자 언니의 역할은 늘 함께 있었던 장소의 절
대성을 상대화하는 데 상당 부분 할애된다. 그리움이나

연대감을 환기하는 일반적인 이웃의 의미를 비껴가는 것이다. 장애아를 낳고 평생 절약하며 살던 청자 언니가 "영영 떠났다"는 사실이 뒤늦게 전달되었던 것 같다. 마을을 먼저 떠난 '우리'는 청자 언니가 "달빛이나 햇살 주머니로 들어갔"기를 바란다. 달빛과 햇살은 모두가 떠난 마을을, 그리고 새롭게 꾸려진 이웃을 비추고 비출 것이라는 점에서 지상에 위안을 주는 대상이다. 또한 그녀의 내생에 병 없는 아들딸과 장수할 남편이 등장하는 마무리를 보면 달빛과 햇살의 호명에는 명복의 의미가 담겨 있는 듯하다.

달빛과 햇살은 잠시나마 우리를 고개 들게 하고 따뜻하게 덥힌다. 그런데 화자는 내생에 언니가 달빛과 햇살이 아닌 그 주머니로 현현하길 기원한다. 몇 가지 이유가 있는 것 같다. 달빛과 햇살로의 재생은 이번 생의 언니라는 형상의 소멸을 전제로 한다. 그러나 주머니로 상정하면, 거기에 무엇이 있는지 직접 확인하기는 어려울 뿐더러 무엇이건 있을 수 있는 가능성이 보존된다. 언니는 형상을 간직한 채 다른 이들에게 위안을 줄 수 있는 이로 재생할 수 있는 것인데, 이는 시인의 인식이 닿지 못하는 곳, 인식 바깥의 영역을 상정했기 때문에 가능했던 일이다. 요컨대 박라연의 시는 일인칭에서 이인칭과 삼인칭으로, 내면에서 외부와의 접면으로, 인물에서 세상으로, 현생에서 내생으로 시적 상상력이 연장된다.

파도마저 멈칫한다 마지막 만난 파도가 발을 꽉 물어
준다 이렇게 간단한 세례도 있다 바다에 대해 물고기보다
모르고 하늘에 대해 새보다 모르는 너

해가 뜨고 질 때 바닷물 깊숙이 제 몸 담그는 일은 바다
의 기분 그와의 친분 헤아린 것 수평선을 평계로 바다가 하
늘까지 올라가는 일은 태양의 기분 그와의 친분 헤아린 것

추억하는 일 덥히거나 식히는 일을 해내는 순간을 세례
의 삼중주라고 말해도 될까?

　　　　　　　　　　　　　　　　　──「파도 세례」 부분

죄를 용서받기 위해 치르는 예식이 세례이다. 시에서
는 밀려왔다 밀려가는 파도의 모습이 세례와 동일시되
고, 씻겨나가는 인간의 발자국이 죄와 동일시된다. 파도
의 세례가 있기까지 이미 찍힌 발자국에 자신의 발자국
을 대보는 행위는 앞에 들렀던 구성원과의 연대감을 형
성할 법하다. 이러한 맥락에서 파도의 세례는 발자국을
덧댄 구성원에게 해소감과 허무감, 그리고 백사장의 한
계를, 즉 공동체 너머의 세계를 환기한다. 죄를 씻었으니
시원할 터이고, 자취도 사라지니 허무할 것이다. 또한 백
사장을 마련한 것도 거기에 벌어진 일을 지운 것도 파도

라는 점에서는 백사장의 공동체 바깥에 있는 다른 세계의 위력을 실감할 수 있다.

그런데 인용 시는 먼저 발자국을 찍은 누군가를 환기한 뒤 다른 이웃을 포섭하는 쪽으로 진술을 이어간다. "바다의 기분"과 "태양의 기분"을 살피고, 이들과 "친분 헤아린 것"을 드러낸다. "깊숙이 제 몸 담그는" 기분을 느끼게 하는 존재가 이웃이라고 한다면 시인의 이웃은 일반적인 범위를 넘어선다. 태양과 바다가 목록에 추가되었다. 백사장에 남은 발자국의 주인 정도만 이웃으로 생각하는 이보다는 저들을 이웃으로 생각하는 이가 조금 더 고독을 쉽게 달랠 수 있을 것이다. 바다와 태양과 이웃이 될 때에야 비로소 자신을 위안하는 '세례의 삼중주'가, 즉 추억하고 덥히고 식히는 일이 시행되는 것이다.

헤어지지 말자고 하늘도 내일을 보내준 거
밥 한 톨 남김없이
오늘을 삼켜야 내일을 받는다는 거
따뜻한 순간들이 어제를 먹여 살린다는 거
그 내용은 세계 공통어 아닌가?

교훈 소설이 없어지고
명화가 없어지고 어른이 없어지고
스승이 없어지면

영웅이 사라지고 동료가 없어지고

친척이 없어지고 동네가 없어지면 몽블랑이 끝내

녹아내리면

코로나와 마스크만 남게 되면?

나도

사라지고 너의 손마저 안 보이면?

너를 찾아낼

눈동자가 필요해 부디 세상이 다시 태어나게

할 미끼를 줘 제발

──「맹세가 의젓해질 무렵」 부분

　앞서 세례를 주는 이도, 지금 맹세를 받는 이도 이웃
이다. "맹세가 의젓해"지기를 기다린다는 것은 들끓는
감정이 가라앉기를 기다린다는 뜻이다. 시에서 화자는
"나도/사라지고 너의 손마저 안 보이"는 현생 너머의 세
계에 자신이 원하는 것을 부려놓고 단 하나의 바람을 이
웃에게 요청한다. 당신을 찾아낼 눈동자가 필요하므로
이를 잡을 미끼를 달라는 것이다. 현생의 연장은 보편적
인 인간의 바람 중 하나이다. 대부분 그 이유는 '나'에 쏠
려 있게 마련이다. 그런데 인용 시에서는 그 이유가 온
전히 일인칭의 내면에 있다기보다는 세상과의 접면에
걸려 있다. 어른과 스승과 영웅을 경유하여 '너'를 보게

해달라는 것이 "다시 태어나"고 싶은 이유이자 시의 마무리이다.

　자기 자신도 사라지고 '너'라는 이웃의 '손'마저 안 보이게 될 때를 바라고 상상하는 것은 일종의 희생이다. 개인의 의식이 사라지는 것이 전제되어 있음에도 불구하고 화자는 이를 감행한다. 환생의 목적이 기억의 보존이 아니라 '너'의 발견이기 때문이다. 현생의 눈동자만 있다면 "너를 찾아낼" 수 있다. 이웃에 초점을 맞추면, 박라연의 상상력으로 조성된 이웃은 화자를 위축시키면서 동시에 죽음을 환기한다. 이 이상한 이웃을 통해 우리는 다른 세계의 존재에 대한 확신을 듣는다. "모르는 세계이지만 훌쩍 찾아 나서고 싶"(「다음의 세계」)은 마음이 드는 것은 자연스러운 일이다.

　현생에서의 연대보다는 내생에 이어질 인연에 대해 말하는 화자는 확실한 현재보다는 불확실한 다른 세계를 향해 상상력을 뻗어나간다. 한편 그가 주목하는 사물들은, 아니 이웃들은 생기를 띠는 동시에 납빛을 띤다. 가령 「피사의 사탑」에서 그는 탑이 기울어진 까닭을 "나아가려고 안간힘" 쓰는 원심력과 "뒤편의 세계에 설렌 뼈아픈 후회가 모여" 만들어진 구심력의 불균형에서 찾는다. 긴장을 조성하는 많은 것에 이처럼 말할 수 있을 것 같다. 그런데 일반적으로 원심력과 구심력은 같은 시공간에서 발생한다. 박라연의 시에서는 두 축이 이쪽과

저쪽, 이승과 저승을 거느린다. 이탈을 꿈꾸는 낭만주의자의 목소리도, 현실을 반영하는 현실주의자의 목소리도 박라연 시의 목소리와 포개지지 않는 까닭이 여기에 있다. 그와 이웃들은 고단한 체험을 벗어나려 하기보다는 감내하려 하고, 현실을 반영하며 개선하려 하기보다는 고단한 체험의 기원을 곱씹으려 한다. 체험을 인정하고 그 기원을 살펴보기 위해서라도 현생 너머에 상상력이 미치곤 하는데, 그로 인해 현생은 절대적인 것이 아니라 상대적인 것으로 위상이 재조정된다.

　　알고 보면 세계란 펼쳐놓은 실험실의 주야
　　온갖 형상들이
　　줄을 서서 기다리지 갓난아기부터 맛 좋은 음식
　　잘 닦인 공기

　　쌓여서 기다리지 아마 깊은 잠 자거나 금방
　　그늘져서
　　우울할 때 울음 넘칠 때도 있지 세상에! 우울과
　　울음마저도

　　존재의 실험실을 통과해야 몸 달 수 있나? 취업은
　　재계약은 실험 이후 또 그 이후
　　또 그 이후의 순간들이지 줄 서서 함께 분통을

터뜨릴 뿐 배정받은 부서의 이마들도

몇 번의 실험실을 더 거쳐야만 해 이쪽저쪽으로 분류되고
폐기되거나 되살려지면서
취업이든 재계약이든 이뤄지는 거 이어지는 거
대대로 무심히
　　　　　　　　　　　—「우린 실험실의 주야」전문

　　우울과 울음의 주인공, 그리고 이마들의 주인공 모습
이 시에서는 흐릿하다. 하는 일은 묘사되고 있는데 정작
주체의 모습은 '온갖 형상'이라는 포괄적인 말로 갈음되
었다. 그가 이웃을 존중하는 방식 중 하나가 이와 같다.
이목구비를 섬세하게 묘사하기보다는 윤곽만 흐릿하게
제시하며 그 흐릿함으로 전체적인 인생과 더불어 풍화
된 기억들까지도 시의 순간에 포섭한다. 흐릿한 윤곽은
인생의 전체 상과 오랜 시간의 경과를 동시에 대변하는
것이다.
　　한편 그는 살았을 때의 세상을 '실험실'로 간주한다.
실험실이 세계이면 실제 세계는 어디에 있는가. 다시 말
하지만 그는 신비주의자도 낭만주의자도 아니다. 그에
따르면 실제 세계는 다른 곳에 있는 것이 아니라 실험실
의 세계를 "통과"한 곳에 있다. 그렇게 통과하여 거듭 세
상이 반복되면 취업, 재계약, 부서 이동 등 세상살이가

가져다주는 좌절이 "무심"해질 수 있을까. 만약 무심해지는 것이 가능하다면, 한 번의 생에서는 절대적인 좌절이 생이 거듭되면 상대화되기 때문일 것이다. 우울과 울음도 마찬가지이다. 절대적인 것의 상대화는 절망의 좌표를 배치하여 객관적으로 내 감정을 대상화한다.

이처럼 박라연의 시는 일반적인 시의 특성과 정확히 포개지지 않는다. 주체보다는 사물에 주목하고, 주체의 내면보다는 사물의 외출에 주목하며, 지금 이곳으로의 구심력이 일방적으로 작동하기보다는 이전과 이후 세계로의 원심력이 함께 작동하는 그의 시는, 일인칭 내면의 세계를 중시하는 일반적인 시의 특성과 거리를 둔다. 이번 삶은 그에게 절대적인 운명이라기보다는 영혼이 머물렀다 옮기는 임시 거처이다.

따뜻하게 구워지고 싶을 때 구워지면서
뿜어내는 빛이 그리울 때 행복은 미미한 빛이야!
미미한 빛이 모여 하늘까지 올라서는 거 달과 별
태양이 더욱 뜨거워지는 거

삽입곡이 흘러나올 때

누구라도 아궁이에 불이 붙기 시작하는 거
훨훨 타올라 다른

이력으로 무럭무럭 자라날 때 속도가 만져지는 거

불속에서도 살아남은 정, 불길하다면

놓고 가세요

제발 클랙슨 소리 달빛 소리 들려주지 마세요

삽입곡이 흘러나올 때

빛의 눈동자가 잿더미 속에서 일어나네요

이번 생의 유물처럼

이제 질문해도 좋은 타임 당신의 진영은 여전히

거기세요? 미미한 빛과 친하게 지내고 싶어요

불이 사라진 세계란

누군가의 탁자 위에 놓인 붉은

단호박 사물에 비유되어도

상관없는 일

—「삽입곡처럼」 전문

    달과 별은 처음 '누구'의 형상이 갖춰질 때에도 그 곁을 지켰고, "이번 생의 유물" 같던 고난의 시간에도 함께했다. 이들은 이웃이면서 동시에 축복이다. 그런데 생의 모습이 갖춰질 때, 즉 흙이 "구워"질 때 타오르던 불빛이 달과 별이 된다는 상상은 삶 이전과 이후 세계의 존재에 대한 확신이 설 때 가능하다. 다른 세계에 대한 환기는 시의 제목에 드러난 "삽입곡"도 한몫한다. "아궁이에 불이 붙기 시작하"고 "빛의 눈동자가 잿더미 속에서 일어"날 때 삽입곡이 울린다. 문맥상 반전과 극복의 신호이다. 절망에 빠져 있더라도 처음부터 함께했던 빛과 불을 기억하라는 뜻이다.

하지만 삽입곡이 드라마나 영화 같은 허구적 장르에 쓰인다는 사실을 떠올려보자. 이는 삽입곡이 울리는 현생을 허구로 인식하게 유도하고 다른 진짜 삶의 모습이 있다는 것 또한 환기한다. 시의 맥락을 살펴보면 그것은 이곳과 동떨어진 삶의 저편이 아니라 이곳과 연계된 앞과 뒤의 세계이다. 그곳은 이전부터 있었고 이후에도 있을 달과 별이 있는 세계이기 때문이다. 이승은 저승을 배경으로 빛이 나는 한편, 저승은 이승의 것을 자양분 삼아 제 존재를 증명한다. 타자들의 목소리가 들리는 곳이 그곳이다. 이웃의 목록에 새로운 것들이 무한히 추가되고 세상의 모습이 무한히 연장된다.

너의 자태 너의 색조가 그 문턱 들어서면 어둠을 골고루 지워줄 거라서 널

보낼 수밖에 없었던 그 마음도 헤아려줘, 정을 못 털어낸 널 알아챈 분 혈육이든 사랑이든 죽을 때

저의 일부가 딸려서 나간다는 것을 알아챈 분

그분이 다시 우리 곁에 널 보내주신 그날 밤이었어
"아직도 시 쓰니?"
친구 희자가 물었을 때 "응 파양당하기 싫어서"

—「파양을 알아?」 부분

대문 옆 바닥에서 오이 호박 쑥 해산물 들로
웃고 서 있을 때 고구마 묵은 김치로
기다릴 때 다정과 신앙심 중 누가 더 힘이 센지

궁금할 때 반찬 솜씨는 그림보다 시가 더 좋아서
다행일 때 시는
이 세상의 취사병! 넌 그녀 채널의 요리사

옷들은 몸이 늘어나서 운동화는 발이 안 맞아서 준 거
버릴 수 없어서 남아서 준다며 부담은 빨랫줄의
빨래 걷듯 거둬가줄 때

—「채널 최선주」 부분

「파양을 알아?」에서 시를 왜 쓰냐는 친구의 말에 화자
의 대답이 "파양당하기 싫"다는 것인 까닭도 이해할 수
있을 것 같다. 파양은 입양을 전제로 하는 것이다. 부모

와 자식 간의, 이 세상과 이번 삶의 절대성이 여기에서
균열이 난다. 시에서는 생을 마감하는 순간을 예로 드는
데, 이웃이 떠나면 자신의 "일부가 딸려서 나간다"고 말
하는 이 화자는 자신이 위축됨에도 불구하고, 이웃들이
빠져나간 자리에 남은 어둠을 지우려 한다. 그는 "어둠
을 골고루/지워줄" 꽃이 곧 시 쓰기라고 말한다. 즉 그에
게 시는 다른 세계가 있다는 것을 표현해주는 매개이다.
다른 세계로 진입한 이들을 헤아리는 일을 그만둔다면
시도 사라지고 곧 파양된다는 것이다.

　「채널 최선주」에서는 시가 그림과 비교되더니 곧 취
사병과 동일시된다. 그림보다 시가 우위에 있는 기준은
무엇이고, 시와 요리와 그림의 공통점은 무엇인지, 시인
은 친절히 말해주지 않는다. 맥락에 따르면 요리처럼 원
자료의 가공을 전제로 하는 것이 그림과 시인데, 그림을
그릴 때보다 시를 쓸 때 사물과 이웃을 '요리'하는 게 편
안하다는 것 같다. 그래서 시가, "이 세상의 취사병"이
될 수 있는 것이다. 주목할 것은 이 시의 전개가 이 세계
에서 다른 세계로 진입하는 것을 지연하는 쪽으로 진행
된다는 점이다. 이곳에서 저곳으로 진입하면, 출발지와
목적지가 선명해진다. 그런데 이 시는 그렇지 않다. 이
세계와 다른 세계가, 뚜렷한 사물과 흐릿한 예감이 골고
루 배치되었다. 어느 것이 선후이고 어느 것이 원인과
결과인지 파악하기 힘들다는 뜻이다. 예를 들어 "다정과

신앙심"을 견주는 부분도 그렇다. 다정은 보통 이웃들에게 보내는 마음이고, 신앙심은 보통 신을 향해 갖추는 마음이다. 층위가 다른 이들이 비교 대상이 된다는 것은, 이미 독자와 달리 화자에게는 이들의 층위가 지워졌다는 것을 뜻한다. 시는 그에게 선후와 인과를 지우고 공평히 이웃을 대접하는 차림상과 같다.

저런 눈빛과 미소 저런 걸음걸이와 인사는
분명 나와 초면이라서
마냥 먹고 마실 수 없어서 호주머니와 구두 가방에 넣어봅니다
오늘 만난 눈매와 향기와 목소리와 걸음걸이 들을
누군가의 침실과 식탁과 서재에 넣어줄까 해요

어둠을 지우려고 자꾸 환하게 피어날까요?
내 가방, 원고지에서도 무사히 피어날는지

담을 수 있는 곳엔 어디에나 가득 넣어서 돌아오는데
성미 급한 이미지들 마구 피어나
저를 덮어버렸습니다

우선 백합과 수국과 흰 장미를 꺾어 들고
서둘러 기차를 탔습니다 간이역에 내려서

오늘의 아름답게 떨리는 저의 심장을 물의 심장으로
이어보려고

　　　　　　　──「시냇가 시냇물에 넣어줘야 해」 부분

　시에 대한 생각과 시 쓰기의 과정이 고스란히 드러난
것이 인용 시다. 결혼식 하객으로 참석한 시인은 결혼식
장에서 느낀 신랑과 신부의 이미지를 시에 담고 싶어 한
다. "초면"의 느낌을 언어로 표현하고 싶은 것이다. 그
의 바람이 이뤄진 것 같지는 않다. 그는 초면의 느낌을
가방 안에 넣고 오지만 다른 "성미 급한 이미지들"이 방
해한다. 꽃 몇 송이 꺾는 것으로도 수습이 잘 되지 않고,
"물의 심장"으로 표현해보려 해도 여전히 초면의 느낌에
육박했다기보다는 그곳에서 퍼져나온 것 같은 혼란상을
마주한다. 시냇물에 넣어줘야 하는 것은 그 느낌을 간직
한 "저의 심장"일 텐데, 제목의 당위적 표현의 결과는 확
인할 길 없다. 그런데 이 혼란 자체가 바로 초면의 느낌
아닌가. 즉 시냇물에 넣었는지 여부를 따지는 것보다 열
이미지의 비약에서 초면의 설렘을 간직하는 것이 낫지
않은가. 박라연의 시는 결과보다 결과를 만들기 위해 헤
매는 과정과 그 과정에서 맞닥뜨리는 여러 이웃을 더욱
중시하는 듯하다.
　앞서 '관습으로부터의 외출'에서 시적인 것에 대한 논

의를 시작했다. 이번에는 '초면의 느낌'에서 이를 재확인할 차례이다. 외출을 감행하여 찾아가는 곳은 시인이 겪어보지 못한 외계의 시공간이 아니다. 그가 미지라고 생각한 곳 또한 한 번도 겪지 못한 곳이 아니라 기억의 영역에서 망각의 영역으로 밀어 넣은 것들이 모인 곳이다. 대개는 불필요하다고 판단했기 때문에, 기억할 필요가 없다고 판단했기 때문에 버려진 것들이 있는 곳이 외출의 행선지이다. 이들은 언어로 규정되기 이전 사물과 대면한 첫 느낌을 여전히 간직하고 있다. 자신의 여러 기억과 느낌을 복원하는 것이 '초면의 느낌'을 언어로 표현하는 것이자 '시적인 것'이다.

　　볼일이 생겨 바깥이 그리워서 외출하듯 목숨의 문 잠시
　　잠그고 외출할 수 있는지 문 앞에서 오들오들 떨며 기다려
　　줄 사람이 아직은 있는지

　　기쁨의 피와 살의 근육을 삶아 조금 더 바쳐야만 외출
　　할 수 있는 무게입니다 본인 빚은 본인이 갚아야만 피가
　　따뜻한 외출증 하사받습니다만
　　　　　　　　　　　　　　　　　　　　　——「벼린 카드」부분

「벼린 카드」는 이웃과 세상과 시에 대한 이 글의 논의를 간명하게 요약한다. "목숨의 문 잠시 잠"글 수 있다

면, 열 수도 있는 것이다. 이번 생은 앞뒤로 개방되어 있다. 목숨의 문은 본인의 영혼이 빠져나가는 출구이겠지만 타자가 방문하는 입구이기도 하다. 열린 육체의 문에서 나오면 "새가 된다는" 자유를 느낄 수 있겠으나 육신과의 이별, 그리고 인연과의 단절을 겪을 수밖에 없다. 시에서는 자유를 누리고 인연을 이어갈 수 있다고 한다. 그 증표가 "피가 따뜻한 외출증"이다. 그런데 이를 받기 위해서는 육신을 바치고 또한 이생에서의 부채를 청산해야 한다. 바라는 것을 버려야 바라는 것을 얻을 수 있는 모순된 상황이 연출된다. 박라연의 시가 이렇다. 그는 자유와 구속 중 하나를 선택하여 번민을 갈무리하기보다는 그 갈등의 상황을 지속시킨다. 마치 벼림이 이번 생의 소명인 것처럼, 초면의 느낌을 규정하기보다는 그 느낌을 유지하는 쪽을 선택한 것처럼, 자유와 징벌의 긴장 사이, 주체와 타자 사이, 집과 여행지 사이의 긴장을 유지한다. 시에 등장하는 여러 여행지를 확인하고 시집을 펼치는 이도 있을 것 같다. 틀에 박힌 생활에 짓눌려 잠시의 일탈을 꿈꾸는 이보다는 일탈하는 곳도 생활의 일부라고 여기는 이에게 박라연의 시는 일탈과 구속 사이의 팽팽한 긴장이 이번 생의 가치라는 것을 새삼 확인시켜줄 것이다. ▨